Un libro

Un libro

Fabrice Gaignault

Traducción de Vanesa García Cazorla

MUÑECA INFINITA

Título original: *Un livre*
© Arléa, 2025
© del texto: Fabrice Gaignault, 2025

© de las fotografías: Laura Stevens
(con un especial agradecimiento por su cesión)

Primera edición en Muñeca Infinita: abril de 2026

© Muñeca Rusa Editorial, S. L. U., 2026
Calle del Barco, 40, 3.º D ext.
28004 Madrid
editorial@munecainfinita.com
www.munecainfinita.com

© de la traducción: Vanesa García Cazorla, 2026

Diseño de colección y cubierta: Juan Pablo Cambariere
Maquetación: Carmen Itamad
Edición y corrección: Esther Aizpuru

ISBN: 979-13-990746-6-6

Código BIC: FA
Impresión: Kadmos

Depósito legal: M-6325-2026
Impreso en España

Para Justine, Roman y Octave

Este texto, con su deliberada brevedad, nació a raíz de unas líneas de Primo Levi en *Si esto es un hombre* en las que revela que un libro lo acompañó durante las interminables horas que pasó en el barracón destinado a los enfermos del campo de Auschwitz III-Monowitz cuando, siendo un joven de veinticinco años aquejado de escarlatina, no sabía si sus compañeros de litera y él acabarían ejecutados. Ante la inminente llegada de los rusos, apartaron a los supervivientes «válidos» para trasladarlos a otros campos en una de aquellas monstruosas marchas de la muerte.

El libro que, el 11 de enero de 1945, un hombre a punto de marcharse lanzó sobre su miserable camastro en aquel hediondo barracón infestado de pulgas, en el que por encima de los estertores de los moribundos hacinados resonaban sus espantosos quejidos, era obra de un escritor francés del que Levi jamás había oído hablar: Roger Vercel. Era el primer libro que caía en las manos del prisionero 174517 desde que llegara al campo el 22 de febrero de 1944.

174517, seis cifras que Levi pediría que grabaran en su lápida junto a su nombre.

Tras un fugaz momento de estupor e incomprensión, como si su cerebro, aniquilado por el sufrimiento acumulado en el más allá, se negara a comprender el significado de aquel objeto de papel con la cubierta verde manchada y las páginas grasientas, Primo Levi se enfrascó en su lectura. Como si la vida, al igual que un *déjà vu,* se introdujera en él por la fuerza sin que desentrañara su significado.

Poco a poco, las palabras se abrían camino para aquel cultivado políglota que se sentía cómodo con la lengua francesa. Lo único que tenía que hacer era seguir las líneas como quien sale de la oscuridad con la ayuda de una cuerda para alcanzar la luz.

A buen seguro, a Levi le impresionó la extraordinaria analogía entre aquella historia de naufragios y rescates, su propia situación y el pasaje del ahogamiento de Ulises tal y como lo cuenta Virgilio en el «Infierno» de Dante, un pasaje que él, esclavo de la fábrica Buna del campo de concentración de Monowitz-Buna, se recitaba sin cesar, día tras día, mientras pensaba que moriría de agotamiento y de hambre.

El mar —con sus tumultos, sus infiernos de abismos que todo lo engullen, sus combates, a menudo desesperados, con hombres tan insignificantes como briznas de paja— es, pues, la alegoría suprema para este superviviente que a uno de sus ensayos le dará el título de *Los hundidos y los salvados*.

Habiendo hecho de la novela de Vercel su cielo, uno situado más allá de aquel que se cernía inmóvil sobre él y al que ya no miraba desde su llegada al campo, Levi se agarró a ella como a un clavo ardiendo durante la tarde y la noche siguientes, aquella noche en la que no sabía si sobreviviría. Se asió a ella como a un salvavidas para alejarse de los confines de este mundo, de los mares de las antípodas por los que navegaba Ulises cuando una ola gigantesca lo arrastró hacia los abismos.

Remolques, de Roger Vercel, es la historia de un rescate —el de una tripulación— y de un fracaso: la muerte de la esposa del capitán. Es una novela honesta, con escenas marítimas bien construidas, que no ha perdido un ápice de su vigorosa savia.

Lo que más adelante dirá de ella Primo Levi será elogioso. Puede que se le escapara el significado de los términos técnicos, como se les escapa a todos aquellos que no están familiarizados con la navegación en un remolcador. Eso da igual. Es una buena novela, nos dice Levi, porque consiguió sacarlo del infierno a despecho de la fiebre y de la incertidumbre de su destino.

Sobre todo, yo diría que *Remolques* es un libro y que, como tal, le sirvió en aquellas siniestras horas seguramente en la misma medida en que le habría servido cualquier otro. *Remolques* nos recuerda, a su pesar, que un objeto tan pequeño que cabe en la mano, sea cual sea, es la resurrección del hombre en cuanto ser dotado de palabra cuando otros se empeñan en querer dejarlo sin voz.

Remolques es el retorno al pensamiento, a la imaginación, a la dignidad, palabras borradas del vocabulario de Auschwitz.

El escritor Jean Améry, que también conoció la monstruosidad de los campos de concentración, recitaba tras las alambradas de espino un poema de Hölderlin como queriendo convencerse de que la civilización alemana había existido y de que él mismo había sido un ser humano, y no una «pieza» numerada a la espera de su turno en aquel inmenso matadero. Sin embargo, aquella recitación no despertaba nada en él y tampoco le era de ninguna ayuda: «El poema estaba ahí, pero no era sino un enunciado». Más adelante, al evocar lo que él consideraba la ingenua vacuidad de cualquier voluntad de introducir la cultura en el infierno del exterminio, Améry diría: «La muerte en Auschwitz no tiene nada que ver con la muerte en Venecia».

Primo Levi, que nunca estará de acuerdo con esta postura, dedica un capítulo de *Los hundidos y los salvados* a responder a Jean Améry: «Por lo que a mí respecta, la cultura me ha sido útil: no siempre, solo a veces y tal vez de forma soterrada e imprevista, pero me ha servido y quizá me haya salvado».

La novela de Roger Vercel actúa como el líquido revelador de una película que el prisionero, condenado a una destrucción programada por sus verdugos, supo borrar de su mente. Líquido revelador de su pasado, de su presente y de su futuro como ser humano. El mérito de ese libro también se lee de manera implícita: aparece como aquello que revela a Levi en el mundo de los vivos.

El capitán Renaud y su remolcador luchando en el mar de Iroise están, por supuesto, a años luz de las inenarrables vivencias de Levi. No obstante, el mensaje es claro: Si esto es un hombre y si esto es un libro.

No conocí personalmente a Primo Levi, pero lo poco que sobre él me había contado el artista italiano Giuseppe Penone me bastó para formarme una idea. Yo estaba en su casa, en Turín, en su amplio taller, donde yacían unos inmensos troncos de árboles que el escultor iba depurando, vaciando y esculpiendo poco a poco para que brotaran excrecencias inesperadas, como si de sus manos —unas manos curiosamente cuidadas y urbanas— surgieran existencias ocultas. Árboles de vidas misteriosas que hundían sus raíces en un mundo de sortilegios silvestres. Entonces pensé en lo que habían escrito los supervivientes de los campos de concentración sobre el amontonamiento de *piezas* —así llamaban los nazis a los cadáveres—, aquellas piezas tan duras como la madera bajo la acción del hielo, abandonadas durante días y días, a veces semanas, sin que nadie pensara en quemarlas, pues había un sinfín de cuerpos que aguardaban su turno en los hornos crematorios. Volviéndome alternativamente hacia Penone y sus troncos, dotados de la adormecida majestuosidad de los yacentes, de repente le pregunté si había conocido a Primo Levi, piamontés como él. Conocido, no, pero lo había visto una vez en una mesa cercana a la suya, en un restaurante que frecuentaba.

Solo, perdido en sus pensamientos.

Penone no había querido molestarlo.

Esta imagen de Levi absorto en sus ensoñaciones, alma decididamente solitaria y silenciosa en la ruidosa *trattoria,* se correspondía con lo que yo imaginaba y me recordaba lo que Mario Rigoni Stern había dicho en *Storia di Mario:* «Aquel hombre llevaba en su corazón una inmensa tristeza que intentaba aplacar mediante la ciencia y la poesía».

La poesía. En Buchenwald, el resistente ciego Jacques Lusseyran solo había conservado en su memoria un poema de Baudelaire, «La muerte de los amantes». Un día lo recitó y enseguida se vio rodeado por una multitud de prisioneros, en su mayoría húngaros, que no hablaban francés. «Y decenas de voces retumbantes, chirriantes, graznantes, acariciadoras, repitieron: "Las llamas muertas..."».

Es preciso imaginar a Jacques Lusseyran, ciego, recitando a sus camaradas extranjeros, que formaban un corro a su alrededor, esta oda fúnebre al amor perdido y al renacimiento —abatido— tras la muerte:

Tendremos lechos impregnados de aromas ligeros,
divanes profundos como tumbas,
y, sobre las estanterías, flores extrañas
que eclosionarán para nosotros bajo unos cielos más
[hermosos.

Consumiendo a porfía su último calor,
nuestros corazones serán dos grandes antorchas
que reflejarán su doble luz
en nuestros espíritus, espejos gemelos.

Una noche hecha de rosa y azul místico,
intercambiaremos un único centelleo,
como un largo sollozo cargado de despedidas;

y después un ángel, entreabriendo las puertas,
vendrá a reavivar, fiel y jubiloso,
los espejos deslucidos y las llamas muertas.

Deportada a Ravensbrück tras haber estado en Auschwitz, la resistente Charlotte Delbo sobrevivió intentando recordar poemas, últimas cuerdas que aún la sostenían y le impedían caer. La memoria también se alejaba de ella. Tardó días en evocar un solo verso, «una sola palabra que se negaba a retornar».

Al final, recitó para sí misma cincuenta y siete poemas. «Tenía tanto miedo de que se me escaparan que me los recitaba todos a diario, uno tras otro, mientras hacían el recuento».

Un día, una gitanita de Lille le ofreció un libro a cambio de una ración de pan. «Era *El misántropo*, de la colección de pequeños clásicos de Larousse a un franco. *El misántropo*: no podía creer lo que veían mis ojos. Así pues, había alguien que se había llevado un ejemplar de *El misántropo* para el viaje a Ravensbrück. Apretándomelo con fuerza contra el pecho, me reuní con mis compañeras en el barracón. Se disponían a cenar, es decir, a comer pan con margarina. "¿No come?". "¿Qué ha hecho con su pan?"».

Charlotte Delbo se aprendió de memoria la obra de Molière, varios fragmentos cada noche; se los repetía en silencio durante el recuento matutino. Pronto se supo el texto, que duraba casi todo el tiempo del recuento. Guardó su ejemplar escondido en el pecho hasta la liberación del campo.

En el otro extremo del espectro de personas que pasaron por los campos de concentración, al escritor soviético Varlam Shalámov lo habían condenado a una larga pena de trabajos forzados en una región extrema de Siberia, algo que lo condenaba a una muerte casi segura. *La parte de Guermantes* lo había «conquistado», según sus propias palabras, libro que un deportado le había prestado y que luego le robaron. «Era feliz leyendo *La parte de Guermantes*. No iba a dormir al dormitorio común. Proust era para mí más valioso que el sueño», escribiría más adelante en *Relatos de Kolimá*.

«Proust era para mí más valioso que el sueño». ¿Acaso no se había valido de Proust el pintor y escritor polaco

Józef Czapski mientras organizaba conferencias sobre *En busca del tiempo perdido* para levantar los ánimos de los compañeros con los que estaba internado en un campo soviético?

El texto que usted está leyendo también tiene su secreto, uno doloroso, por más que ese sufrimiento esté a años luz del que padecieron Primo Levi, Charlotte Delbo, Jacques Lusseyran, Mario Rigoni Stern y tantos otros, millones de otros.

Habría que inventar otra palabra que matizara el horror. Tal vez un sufrimiento dulce, permítame este insólito oxímoron, pero no veo cómo describir de otra manera mis tribulaciones de entonces, que no tienen ni punto de comparación con aquello que ni siquiera tiene nombre. Tengo un secreto: a mí también me salvaron. No me rescataron del mar de Iroise, sino de mí mismo, cuando nada parecía querer amarrarme a mi existencia, una existencia que de niño me pesaba y me parecía tan extraña como inútil. Vivía con indiferencia, ajeno a mí.

La biblioteca familiar albergaba multitud de obras, recientes o antiguas, principalmente novelas, y me dejaban zambullirme en ellas sin reservas ni censura. Solitario en el seno de una familia numerosa, encontraba consuelo entablando amistades invisibles, aquellas que echaba de menos en la llamada «vida real» y que novelistas de todos los rincones y todas las tendencias habían alumbrado. Eran como botellas lanzadas al mar. Pero ¿quién las encontraría? La realidad se encontraba en las palabras, a lo largo de las páginas, y no en lo que para la mayoría de las personas era el mundo tangible. ¿Qué hacía esa gente cuando no leía? La respuesta se me escapaba. Gracias a la lectura, me sentía inmortal, pues me convertía en uno de los eslabones de una misma cadena que me transportaba desde el presente hasta el pasado de los textos y de sus autores. Lo que, durante decenas, cientos o incluso miles de años, había permanecido bajo tierra, bajo las cenizas y el polvo resurgía ante mis ojos para dibujar existencias. Yo era el ayer, el hoy y el mañana. El libro era el intermediario de un diálogo que nunca terminaría o que únicamente lo haría con mi propia extinción.

Abismarse en la literatura es parte de la feliz —o infeliz— casualidad. Algunos se contentan con existir, indiferentes a lo que la literatura puede aportarles. Otros, por el contrario, beben de ella el elixir de la vida. Yo formo parte de esta segunda categoría.

Los libros ciertamente me salvaron del desconsuelo de existir. De una triste y terrible melancolía. No entendía muy bien las razones, pero ¿acaso había alguna? No creo. O al menos no había nadie a quien responsabilizar. Y eso que jamás he olvidado el día en que un amigo de mis padres, mientras andaba yo enfrascado en la lectura de un libro y mis hermanos jugaban al fútbol en el césped, dijo: «Como no le quitéis la manía de la lectura, ¡acabará siendo un maricón!».

Yo debía de tener diez u once años, y no he olvidado aquella frase, lo brutal y excluyente que era. Si bien no comprendía el significado de «maricón», ya había advertido lo cruel, ofensiva, discriminatoria y despectiva que era aquella condena. Y también lo profundamente estúpida que era.

En aquellos años hubo cuatro libros que me marcaron. Recuerdo como si fuera ayer las primeras palabras de *Lord Jim,* de Joseph Conrad, en la traducción de Philippe Neel: «Medía seis pies, menos una o dos pulgadas, tal vez...». Nunca he olvidado el comienzo de *El gran Meaulnes,* de Alain-Fournier: «Llegó a nuestra casa un domingo de noviembre de 189...». Ni tampoco el de *Las aventuras de Arthur Gordon Pym,* de Edgar Allan Poe, en la traducción de Charles Baudelaire: «Me llamo Arthur Gordon Pym». Ni tampoco las palabras con las que se abre *Robur el Conquistador,* de Julio Verne, cuya edición en Le Livre de Poche aún conservo: «¡Pum! ¡Pum! Los dos disparos de pistola se produjeron casi al mismo tiempo». Salvo *El gran Meaulnes,* todos evocaban aventuras marítimas, si consideramos que el Albatros, la nave voladora de Robur, era un barco. El mar y sus cortejos de aventuras me transportaban a mundos mucho más emocionantes que la supuesta realidad. Más adelante, mucho tiempo después, cuando, intrigado por lo que Primo Levi había dicho sobre *Remolques,* de Roger Vercel, comencé a leer esta novela, sentí el mismo estremecimiento de emoción al leer el íncipit: «El huracán asediaba la habitación». ¿Cómo no iba a seguir leyendo?

Fue más o menos a mis diez años, en aquella infancia obsesionada por los libros, cuando oí hablar de los judíos. Por aquel entonces descubrí asimismo una cultura, una historia y sus tragedias que me fueron reveladas por la fugaz presencia de Sami Frey en mi familia. Lo visualizo muy claramente en un día de primavera o de verano en que aparece a caballo con mi padre, al galope por la pradera que se extendía frente a nuestra casa. Me habían dicho que era un actor famoso, pero su nombre y su rostro no me decían nada, ya que no actuaba en películas para jóvenes.

Al poco tiempo, durante una cena mis padres nos contaron a mis hermanos y a mí que Sami Frey había estado escondido durante la guerra porque era judío.

¿Por qué tenía que esconderse un niño judío? Para empezar, ¿qué significaba ser judío? ¿Y quiénes eran aquellos alemanes que querían hacerle daño? ¿Y por qué? El internado católico en el que yo estudiaba nunca había abordado el tema, tal vez porque los profesores nos consideraban demasiado jóvenes para comprender «esas cosas», a menos que otras razones, menos claras, los hubieran movido a guardar silencio.

Sentados a la mesa aquella noche, aprendimos muchas cosas.

Todavía conservo algunas fotos de mis padres con Sami Frey, pero, cuando las miro detenidamente, solo veo al niño escondido, algo triste, con aire ausente, como si por siempre jamás él también estuviera condenado a vivir al margen del mundo. Siempre lo veré así, pues los recuerdos de la infancia dejan huella y, queramos o no, es imposible borrarlos. Y yo nunca habría querido suprimirlos.

Hace unos treinta años, cuando estaba en Cracovia en casa de una amiga, le pedí que me llevara a Auschwitz. Quería ver aquello de lo que parte de la familia de Sami Frey no había podido escapar.

Todo allí me hacía pensar en él.

Cuando empecé a concebir la escritura de este libro, que tantos años tardé en redactar, me vino a la memoria una enorme jeringa utilizada en experimentos médicos. Cada palabra me pesaba, pero —y este es precisamente el misterio de la escritura— una fuerza oscura me empujaba a retomar una y otra vez a este pequeño texto. Tenía que escribirlo.

Tenía que escribirlo no solo para honrar a mi manera la memoria de Primo Levi —otros autores se han encargado de hacerlo con sabiduría y precisión—, sino también por un deber para con la juventud y la lectura.

Un hombre cuya muerte estaba asegurada se salvó en parte gracias a un libro.

He tratado de infundir, con desigual fortuna, la pasión por la lectura a mis hijos. En términos de destrucción masiva de cerebros, el adictivo control que ejercen las pantallas sobre los seres humanos, obra de los ingenieros de Silicon Valley, es tan criminal como las hazañas de los cárteles de la droga.

Sin duda, ya es tarde. A la desesperada, este libro lo he concebido y escrito para mis hijos y para cualquier persona, para todos aquellos que siguen obstinadamente ajenos al infinito placer que les procuraría el sostener en sus manos este maravilloso objeto de papel, tan frágil en apariencia.

No conozco nada más productivo y estimulante que la lectura.

Y eso que he buscado.

Pero no he encontrado nada equivalente.

Las imágenes, animadas o no, se viven de forma pasiva. La literatura nos sitúa en medio de la escena, en los pensamientos de otra persona, en los que todo se representa, y somos el director escénico, el director de orquesta, el encargado de imaginar a nuestra manera las mil sutilezas de las posibles interpretaciones.

Las palabras, formadas por caracteres extraños si las observamos fijamente durante cinco segundos, son, bien pensado, más misteriosas y placenteras que todos los algoritmos reunidos para enviarnos a Marte. Por grandiosa que sea la hazaña técnica de un viaje espacial, ¿qué peso tiene frente a la evidencia de que todo el universo y su infinita complejidad se esconden en algunas obras maestras de la literatura? La literatura es el universo.

Sí, tenemos que leer prosa, y también poesía, para que podamos respirar y acaso comprendernos un poco mejor a nosotros mismos a través de la evasión de la mirada y el pensamiento. Sí, leer para ser más sensibles, más tolerantes, con los demás y con aquello que nos resulta desconocido. Y para ser esa plétora de personajes que nunca seremos. La lectura es el don de la transmutación de las almas y los cuerpos sin otro aditivo químico que los ojos y la tinta que despliega esos misteriosos signos.

Cuando Alberto Manguel le preguntó a Borges cuál era la razón profunda por la que estimaba la lectura por encima de todo, este respondió con lo que, me atrevería a decir, es la respuesta más bella y acertada que se pueda dar: «No sé muy bien por qué pienso que un libro nos trae la posibilidad de la dicha. Pero me siento sinceramente agradecido por ese modesto milagro». El enigma persiste.

La posibilidad de la dicha a través de la libertad recuperada. Lo que el apego de Primo Levi a la novela de Roger Vercel pone de manifiesto es lo siguiente: las palabras, el texto, expresan más de lo que dicen gracias a una disposición que da sentido a un relato.

Las palabras forman una barca en la que podemos dejarnos llevar, solitarios, sin preocuparnos por la orientación, sin dominio de la navegación. Podemos abandonarnos a la corriente de la lectura, mecidos por la cadencia, el ritmo, el compás, por ese flujo que nos transporta a una vigilia hipnótica.

Todos tenemos un libro salvador, como lo tuvo Levi, un libro que será diferente para cada uno de nosotros según las circunstancias.

En mi caso, las circunstancias no tenían nada de trágico, aunque fueron cruciales para mi aprendizaje de la vida.

Un libro no puede cambiar el mundo, pero puede cambiarnos la vida.

Y salvarnos.

Un libro. Cualquiera, si tenemos la impresión de que alguien lo ha escrito para nosotros. Un libro. Uno que vale por todos.

1

El 11 de enero de 1945, mientras el retumbar de los cañones rusos se acercaba cada vez más, Levi contrajo la escarlatina y le prescribieron cuarenta días de aislamiento y reposo en la enfermería del bloque 20, que, además del barracón de enfermos contagiosos, incluía las secciones de tuberculosis y de disentería. En la KB Infektionabteilung, su habitación, de tres metros por cinco, «en realidad muy limpia», tenía cinco literas, un armario, tres taburetes y un cubo higiénico. Dentro había calefacción, mientras que fuera las ráfagas de la gélida ventisca arremolinaban una incesante nieve que tornaba el aire tan opaco como un cristal esmerilado.

Los supervivientes, en fila, pasando con una lentitud mecánica; las SS y los *kapos* gritando órdenes; los cadáveres, demacrados y rígidos como piedras, cubiertos poco a poco de blanco. Todo esto lo vislumbraban desde la ventana Levi y sus doce compañeros, que aún tenían fuerzas para girar la cabeza o levantarse.

2

Levi escribe: «Me llevaron a una habitación donde estaban todos los pacientes con enfermedades infecciosas, tuberculosis, erisipela, difteria, tifus, y justo encima de mí tenía a un tipo que no hablaba. Era muy discreto; ya había soportado un peso terrible, el hambre, los trabajos forzados. A lo sumo, uno podía aguantar así seis meses».

3

Hasta entonces, Levi había estado destinado en Monowitz-Buna, uno de los tres conjuntos de campos de concentración y centros de exterminio del vasto complejo de Auschwitz, sujeto a la autoridad compartida de IG Farben y las SS.

IG Farben producía allí buna, el caucho sintético que se utilizaba, entre otras cosas, para fabricar neumáticos.

El primer texto que Levi publicó fue «Buna Lager», un poema escrito el 28 de diciembre de 1945.

Pies llagados y tierra maldita,
una larga fila en las grises mañanas.
Fuma la Buna con sus mil chimeneas,
nos aguarda un día idéntico a los demás.
Terribles las sirenas al amanecer:
«Vosotros, multitud de rostros apagados,
sobre el monótono horror del fango
ha nacido otro día de dolor».
Camarada extenuado, lo veo en tu corazón,
lo veo en tus ojos, camarada doliente,
en el pecho tienes el frío, el hambre, la nada,
se ha desbordado el coraje que te restaba.
Camarada triste, fuiste un hombre fuerte,
una mujer caminaba a tu lado.
Compañero vacío que ya no tiene nombre,
hombre desierto que ya no tiene llanto,
tan pobre que ya no siente dolor,
tan exhausto que ya no tiene miedo,
hombre apagado que fuiste un hombre fuerte,

si aún nos encontráramos frente a frente
en las alturas, en el dulce mundo bajo el sol,
¿con qué rostro nos miraríamos?

4

Entre los enfermos del barracón, algunos tenían escarlatina —dos presos políticos franceses y dos judíos húngaros—; otros padecían difteria, tifus, y uno sufría una
«repugnante erisipela facial».

Los dos últimos, cuya enfermedad se desconocía y
a nadie se le ocurría preguntar, ni tenía la fuerza ni las
ganas para hacerlo, yacían en las literas inferiores. No se
movían, no hablaban, se dejaban morir, a sabiendas de
que estaban condenados. En vista de lo difícil que era
acceder a las literas superiores, pues no había escalera,
cada vez que el estado de un enfermo se agravaba, se
lo trasladaba al nivel de abajo. En dos camastros había
cuatro enfermos colocados de modo que la cabeza de
uno tocaba los pies del otro. Dada su delgadez, no se
estorbaban. Levi heredó una litera individual inferior y,
aunque deliraba a causa de la fiebre, gracias a su relativa
«buena forma» física, abrigaba la esperanza de librarse
de las secuelas de la escarlatina y de la selección final,
inevitable si su estado empeoraba.

5

Los últimos diez días de Auschwitz.

Allí habían abandonado a aquellos hombres sin provisiones, sin agua, sin cuidados.

Levi dice: «No habría podido recorrer veinte kilómetros. Tenía una fiebre muy alta y me dolían todos los músculos, unos dolores intensos, insoportables. Era incapaz de marcharme. A nuestro alrededor, los bombardeos, el crepitar de las ametralladoras, el fragor de la batalla. No sabíamos en qué situación se encontraba el avance de los rusos, a pesar de que algunos juraban haber visto pasar su convoy de camiones.

»¿Y si los alemanes regresaban? Esta era la pregunta que nos hacíamos constantemente».

6

«¿Y si los alemanes regresaban?». Esta era la pregunta que se hacían constantemente.

Esta es la lista de lo que Levi había conseguido llevarse al campo y esconder bajo sus sábanas:

un cinturón de cable eléctrico trenzado,
su cuchara-cuchillo,
una aguja,
tres hebras de hilo,
cinco botones
y dieciocho piedras de encendedor que había robado del laboratorio de química donde trabajaba, cada una de las cuales, afilada con su cuchara-cuchillo, le proporcionaría tres piedras más pequeñas, del calibre de un mechero.

Monedas de cambio para obtener raciones de pan.

Pero, de momento, Levi no se preocupaba por sus pertenencias, guardadas en un pañuelo cerca de su ardiente rostro. Por mucha sulfamida que le administraran, la fiebre no remitía. Unas náuseas violentas le quitaban el apetito, por lo que su estado se deterioraba aún más. Se pasó cuatro días sin hablar. Menos febriles que él, los dos franceses aguardaban sus palabras, pero nada salía de aquel cuerpo tembloroso que libraba en silencio una batalla de desenlace incierto.

8

El quinto día un griego de Salónica, a quien Levi conocía un poco, entró en la habitación. Era el barbero, «que solo hablaba el hermoso español (el ladino) de su comunidad». Asquenazí, de rostro «extraño», el hombre llevaba allí tres años y Levi se preguntaba cómo había podido conseguir el cargo de *frisör* sin hablar ninguna otra lengua que la materna y mostrándose bastante amable en un contexto en el que, para sobrevivir, era preciso descartar la amabilidad.

Mientras afeitaba a Levi, el asquenazí le explicó que los alemanes vaciarían el campo a la mañana siguiente. *Morgen, alle Kamarad weg,* y luego continuó, como para recalcar: «Todos, todos»[1]. Pero esta noticia, que debería haberlo colmado de esperanza, no provocó ninguna emoción en el enfermo. El *lager* había acabado por anestesiar sus reacciones mentales y emocionales. Borró en él todo criterio para valorar la vida, de suerte que ya no respondía a los estímulos de la esperanza ni de la alegría, por más que se tratara de una alegría contenida.

---

[1] En español en el original. [Todas las notas son de la traductora].

Había algo más: Levi llevaba mucho tiempo preparándose para un día como aquel y para los nuevos peligros que deberían arrostrar los supervivientes, expuestos a un nuevo desorden, a la indecisión en el seno de la jerarquía de las SS, que adoptaría nuevas directrices ante los acontecimientos. ¿Habría que eliminar a los supervivientes o abandonarlos y condenarlos así a una muerte lenta e inevitable?

El cañón, lúgubre, se acercaba: los rusos estaban en Częstochowa, a cien kilómetros al norte. Se hallaban también a la misma distancia, en Zakopane, en las blancas montañas del sur, adonde al dramaturgo polaco Stanisław Witkiewicz le gustaba ir a descansar, escribir y pintar. El mismo hombre que se cortaría el cuello el 18 de septiembre de 1939, en un campo de Ucrania, mientras huía del avance de los ejércitos soviéticos que habían entrado en Polonia el día anterior.

9

Los franceses, uno bajo y flaco, el otro alto y fuerte, ambos miembros de la Resistencia, originarios de los Vosgos y recién llegados, a quienes Levi apenas entendía debido al marcado acento loreno con el que hablaban, querían saber qué había comprendido de la conversación en alemán.

Primo Levi los encontraba simpáticos y no tenía motivos para ocultarles la información de la que disponía, pero su debilidad le impedía balbucear apenas un puñado de palabras confusas para explicarse.

Por otro lado, estaba aquella regla férrea, indecible, que, sin cuestionarla, había acabado interiorizando en lo más profundo de su ser, pues era la clave de su supervivencia: en el *lager* no se hacen preguntas.

Aquella tarde el médico, griego como el barbero, les anunció que a todos los enfermos que pudieran caminar los evacuarían al día siguiente junto con los miles de supervivientes, después de proporcionarles ropa, calzado y una triple ración de pan. Los demás, considerados débiles en exceso, se quedarían en el KB, al cuidado de aquellos enfermos menos graves pero lo suficientemente perjudicados como para librarse de la primera etapa, de veinte kilómetros.

Puede que fuera a causa de aquella minuciosa gradación —que parece absurda en la escala del sufrimiento— o tal vez porque le divertía la vana y cínica esperanza que le suscitaban aquellas pocas palabras, anunciadoras de una nueva ola de desgracias extremas, por lo que el médico griego le pareció a Levi, que lo calificaba de «inteligente, cultivado, egoísta y calculador», embriagado de una hilaridad incontrolada que alcanzó un paroxismo malsano cuando planteó la hipótesis de que a los enfermos demasiado débiles para caminar no los matarían.

10

Puesto que no debía haber testigos, los más débiles estaban condenados a morir. Los alemanes ya habían actuado así en Lublin, donde habían ejecutado a todos los enfermos que no podían caminar.

Levi estaba convencido de que sin duda los matarían de un momento a otro de la misma manera. Pero un ataque aéreo nocturno y la rapidez del avance ruso cambiaron los planes de los alemanes. Ni siquiera tuvieron tiempo de pensar en la destrucción y la eliminación. Ya no había tiempo para aplicar las normas. Todo se disolvió en una improvisada huida que no era propia de ellos.

Los guardias, por miedo al contagio, ya no entraban en la enfermería, antesala de la muerte.

11

El médico griego se marchó; algunos de los que estaban tumbados se agitaban y rompían el caparazón de dolor que hasta aquella visita los había situado en un limbo incierto. Se alzaban voces, llovían preguntas, los sueños cobraban forma, los ojos brillaban también por eso: por la loca esperanza de recuperar la vida después de la muerte, dado que ya no estaban vivos en el sentido en que cualquier persona fuera del campo entendía la vida.

Tras el horizonte en llamas, tal vez habría eso, la imagen de una salvación inesperada.

En realidad, aquellas palabras supuestamente alentadoras del médico no habían provocado sino un breve alivio. Eran un parche sobre una herida abierta que solo aliviaba su propia mirada. Nada más.

Sí, cundía el desasosiego; los húngaros, que recuperaban un poco las fuerzas y llegaban al final de su cuarentena, anunciaron que se marcharían porque lo que se esperaban, como siempre en el *revier,* era que los mataran en sus catres junto con aquellos a los que ahora se consideraba inútiles.

A Levi le habría gustado hacer lo mismo, pero no tenía energía.

Su debilidad lo salvó, aunque compartía el terror de sus compañeros, que salieron y regresaron con harapos rígidos que apestaban a cadáver, mierda, pis y vómito.

Los dos húngaros no podían tenerse en pie, pero se marcharon así, enfundados en sus repugnantes andrajos, con los zapatos agujereados y helados, alejándose bajo la nieve, apoyándose el uno en el otro como dos lisiados, espoleados por la fiebre y por unas esperanzas descabelladas.

12

Al día siguiente, tras recorrer unos kilómetros, los ejecutarían por ralentizar la marcha.

13

El médico griego regresó una última vez. Era de noche, y los estertores, los ronquidos, los jadeos, las pesadillas y los delirantes sueños de unos y otros se habían apoderado de la habitación, débilmente iluminada, como luciérnagas locas. Con un pasamontañas y una bolsa al hombro, el médico era una especie de aparición a la vez ridícula e inquietante, tal vez portadora de malas noticias. Miró fijamente a Levi, que, despierto, le devolvió la mirada sin saber qué pensar de aquella silueta que se le acercaba.

El visitante le lanzó un libro sobre la litera y, antes de darse la vuelta, le dijo, casi risueño, en voz alta: «Toma, italiano, léetelo. ¡Ya me lo devolverás cuando volvamos a vernos!».

Era una frase de un cinismo y una despreocupación atroces que, bajo la apariencia de una conversación ligera entre amigos, significaba en realidad la jovial revelación de una muerte anunciada.

En *Si esto es un hombre,* obra maestra trágica y testimonio inigualable sobre el estado de desgracia absoluta, Levi subraya: «Aún hoy lo odio por aquellas palabras. Él sabía que estábamos condenados».

14

De aquel libro, *Remolques,* que le regalaron de aquella manera, Levi conservaría durante el resto de su vida «un recuerdo extrañamente preciso».

Levi cogió el libro, que había aterrizado cerca de su hombro izquierdo. Le bastó ver la fina cubierta verde, manchada y parcialmente rasgada, para saber que se trataba de un libro francés.

Leyó lo siguiente:

Roger Vercel
REMOLQUES
Novela
Éditions Albin Michel
22, Rue Huyghens. París (distrito 14.º)

16

El logotipo de la editorial —compuesto de una M mayúscula entrelazada con una A, también mayúscula pero sin la barra horizontal— era un motivo abstracto que evocaba, si se quería, un murciélago estilizado al máximo.

Y, sobre el marco negro en el que figuraba todo lo anterior, en la parte superior derecha, apenas visible aunque haciendo gala del éxito editorial, ya que se trataba de ejemplares impresos, se leía lo siguiente:

57 000

17

Levi pasó las páginas con delicadeza, pues estaba débil y le temblaban las manos, húmedas y amarillentas, y dejó el libro a su lado, pues se sentía incapaz de leer tras aquel largo ayuno de un año en el que, como señalaría más adelante, no solo padecía hambre, sino también la privación del papel impreso.

Pero casi de inmediato volvió a tomar el libro y, tras leer unas pocas líneas, se sorprendió al darse cuenta de que dominaba el idioma.

18

Levi comenzó la lectura en la tarde del 17 de enero, cuando realizaron el último recuento tras reunir a 67 000 deportados, de los cuales 31 800 estaban en Auschwitz I y II, y 35 100 en los campos auxiliares dependientes de Auschwitz III.

Continuó leyendo hasta bien entrada la noche, aquella «horrible y decisiva noche» en la que los alemanes, que aún no habían decidido si eliminarlos a él y a sus compañeros o si abandonarlos a su suerte y huir, finalmente se marcharon del campo a toda prisa. Sin ejecutarlos.

19

En las primeras páginas del libro, Levi se topó con la lista de las obras de Roger Vercel y se detuvo en un título, *Capitán Conan,* Premio Goncourt en 1934, que le sonaba vagamente.

Hubo otro que también le llamó la atención: *Au large de l'Éden* [Más allá del Edén].

Pensó: ¿a qué distancia?

La pregunta contenía la respuesta por su absurdo. No había distancia medible. Él estaba lejos de todo y el edén era igualmente abstracto.

20

À l'assaut des pôles [A la conquista de los polos], *Croisière blanche* [Crucero blanco]. Levi leyó las breves reseñas, que entonces se llamaban «reclamos» y que, con una o dos frases extraídas de los artículos, alababan las obras.

En *La Revue universelle,* Léon Daudet elogiaba *À l'assaut des pôles:* «En esta novela se relatan, con un estilo claro y vigoroso, las extraordinarias hazañas de esos héroes que sucumben a la atracción del Ártico o de la

Antártida [...]. Cabría citar todos y cada uno de los pasajes del libro de Roger Vercel». En la revista *Vendémiaire*, Pierre Loiselet, entusiasmado, escribía sobre *Croisière blanche:* «Roger Vercel nos transporta así, mediante una conversación, desde Escocia hasta Noruega, pasando por las islas Feroe, Islandia y Spitzberg. Por favor, sigan al guía: rara vez encontrarán a alguien de su talla».

Levi abandonó un instante la lectura de Vercel. Pensó en sus amigos Guido Bachi y Sandro Delmastro, con quienes antes de la guerra se había entregado a las «caminatas agotadoras»: «Me erigí en jefe de la cordada, sin experiencia, sin formación». *(El sistema periódico).*

Más adelante, en septiembre de 1943, cuando las tropas nazis invadieron el norte del país tras la capitulación de la Italia fascista, Levi se unió a la Resistencia en los valles de Aosta y Piamonte con sus amigos excursionistas, antes de incorporarse a los partisanos de Giustizia e Libertà.

En la noche del 12 al 13 de diciembre de 1943 detuvieron a Levi en Amay, en el valle de Aosta. Junto a él se encontraban Guido Bachi, su compañero de cordada, además de otros dos partisanos y Vanda Maestro, que estaría a su lado en el vagón que los llevaría a Auschwitz. A pesar del respeto que le profesaba el miliciano de guardia, impresionado por su currículum científico, Primo Levi se sentía en su celda tan perdido como un roedor: «Me sentía más ratón que él: pensaba en las veredas del bosque, en la nieve que caía fuera, en las indiferentes montañas, en las mil cosas maravillosas que podría hacer si volviera a ser libre, y se me hacía un nudo en la garganta».

21

El bombardeo del campo de Auschwitz por parte de los soviéticos comenzó aquella noche, la misma en la que Levi continuó la lectura de *Remolques*. Era la noche del 17 al 18 de enero de 1945.

En el exterior hacía un frío extremo: la temperatura había alcanzado menos veinte grados centígrados. Un miembro de las SS, con el rifle al hombro, iba de un lado a otro delante del barracón, todo nevado. La luz eléctrica aún funcionaba. «Proseguí mi lectura hasta altas horas de la madrugada», dice Levi, y evoca una atmósfera de «calmo espanto».

En el abismo en el que se encontraba, allí en su lecho de enfermo, cuando la mayoría de sus compañeros caían antes de desaparecer, Levi conservaba la energía vital que, en el campo de concentración, lo había impulsado a declararse apto para el trabajo, algo que, aparte de proporcionarle la fuerza para resistir y no dejarse morir, lo ayudó a ser solidario y a cultivar su amor por la poesía y la camaradería con algunos prisioneros de Monowitz-Buna.

Gracias a aquella energía vital que no lo había abandonado en su lecho de sufrimiento emprendió la lectura de *Remolques*.

23

«Oro», uno de los relatos de Levi, cuenta la historia de un contrabandista, un hombre «delgado y algo encorvado» con «una espesa cabellera rizada y desordenada, barba mal afeitada, una enorme nariz aguileña, una boca sin labios y ojos esquivos». Termina así:

Me sentía atenazado por una dolorosa envidia; envidiaba a aquel ambiguo compañero que pronto volvería a su vida, precaria pero monstruosamente libre, a su inagotable riachuelo de oro, a una hilera de días sin fin.

24

«Monstruosamente libre, a su inagotable riachuelo de oro, a una hilera de días sin fin».

25

Al cabo de mucho tiempo, cuando publicó *La búsqueda de las raíces,* una antología personal de los libros que lo habían marcado, Primo Levi subrayó que, antes de que aquella novela le cayera literalmente encima, nunca había oído hablar de Roger Vercel.

Detrás de aquella aquiescencia forzada, silenciada por la aversión que le inspiraba la sórdida ironía del médico griego —aquella frase, «Toma, italiano, léetelo. ¡Ya me lo devolverás cuando volvamos a vernos!», no significaba otra cosa que «Aquí tienes un libro para matar el tiempo antes de que te maten a ti»—, se desplegaba otra verdad que no requería una explicación sofisticada: Primo

Levi se había criado en una familia en la que la lectura «era un vicio inocente y habitual, una costumbre gratificante, una gimnasia mental» y, añadía, era su «forma, compulsiva y necesaria, de ocupar los ratos perdidos».

26

Un buen día, siendo Levi un adolescente, su padre le regaló un libro raro en inglés, publicado en Londres en 1846, titulado *Thoughts on animalcules or a glimpse of the invisible world revealed by the microscope* [Pensamientos sobre los animálculos. Una mirada al invisible mundo revelado por el microscopio].

A Levi le encantaban las ilustraciones que contenía y empezó a estudiar inglés para descifrar el texto. Su padre acostumbraba a leer tres libros a la vez, en casa, en la calle, en la cafetería, al levantarse y al acostarse, un hábito que lo había obligado a modificar el diseño de su ropa: su sastre le confeccionaba chaquetas con bolsillos a medida para guardar los libros.

Aquella biblioteca viviente y portátil tenía dos hermanos, igualmente ávidos lectores, a quienes Levi a veces robaba libros cuando los visitaba, y viceversa. En casa se toleraba esta cleptomanía familiar como si el deseo irrefrenable de leer tal o cual obra justificara a sus ojos la jubilosa despreocupación de un gesto de ordinario condenado por la moral y reprimido por la sociedad. De ahí que Levi tuviera el recuerdo de una juventud saturada de papeles impresos y que depositara una confianza excesiva en los libros, lo que propició el florecimiento en él de un ecosistema que albergaba «de forma inesperada, saprófitos, aves diurnas y nocturnas, trepadores, mariposas, grillos y mohos». Un bestiario reunido al azar a partir de consejos, deseos y necesidades que este químico de formación se negaba a ver como una organización de elementos homogéneos concebida *a posteriori* como tal.

27

Los libros citados no destacaban por un tono unitario, sino por una sensibilidad común en sus elecciones literarias y una fuerte tensión que se encuentra en los pasajes seleccionados, que habían alimentado sus raíces.

«Las oposiciones fundamentales —escribe— están inscritas *de oficio* en el destino de un hombre consciente: error/verdad, risa/llanto, inteligencia/locura, esperanza/ desesperación, victoria/fracaso».

No obstante, había un libro que se distinguía de los demás: *Remolques.*

La novela de Roger Vercel era especial no solo por las cualidades literarias y morales que Levi había apuntado —el coraje, la abnegación, el sacrificio de uno mismo—, sino también porque había resultado crucial por razones simbólicas.

Levi leyó esa obra cuando esperaba morir. Cuando estaba muriéndose.

28

Levi recordaba con precisión aquel libro con la fina cubierta verde, manchada y arrugada, cuyos bordes se curvaban hacia fuera como rollos minúsculos, aquel libro con el lomo parcialmente roto y al que le faltaban pequeños fragmentos, algo que había observado antes de pasar las primeras páginas.

Ya no era capaz de comprender aquella parte de la realidad: todo aquello ya no casaba con el hombre en el que se había convertido. El libro encerraba un tiempo que ya no existía y que parecía anacrónico, fuera de lugar en su obscena futilidad, en medio de aquella tierra de horror y de vacío. Aun así, Levi lo tocaba y le daba la vuelta para descifrar en la contraportada algún rastro o indicio.

Roger Vercel
Galardonado con el Premio Goncourt en 1934

También leyó lo siguiente: «Durante el armisticio, Roger Vercel, nacido en 1894, se encontraba en Sofía en calidad comisionado relator del Consejo de Guerra de una división en Oriente. Encargado de misiones de control e influencia francesa, visitó Europa central y oriental, desde Budapest hasta Odesa, desde Belgrado hasta Estambul. Tras la guerra, vivió en Bretaña, entre los capitanes de Saint-Malo y los marineros de Terranova, y se dedicó a narrar sus heroicas vidas».

Y debajo, en negrita:

Académico, doctor en Letras

Y, más abajo, después de los títulos del autor, el pasaje de un artículo de *Le Figaro* sobre *Capitán Conan*.

El señor Roger Vercel nunca había escrito un libro tan lleno de experiencias humanas, tan rico en matices psicológicos, tan poderosamente evocador.

HENRI DE RÉGNIER, de la Académie française

Y dos extractos de críticas sobre *Remolques:*

Un libro potente y apasionante. Una obra absolutamente notable de la que es difícil separarse.

ANDRÉ THÉRIVE, *Le Temps*

Unas páginas que, a todas luces, se cuentan entre las mejores de nuestra literatura marítima.

ANDRÉ BILLY, *L'Œuvre*

Levi mira detenidamente la fotografía, situada en la esquina superior izquierda. Un rostro con una mirada a la vez dulce y firme; los ojos, enmarcados por unas gafas redondas, mirando a cámara; el bigote, llamado «tipo cepillo de dientes», pues solo se extendía debajo de las fosas nasales, una moda que se había popularizado antes de la guerra, al estilo de Charlie Chaplin.

De inmediato, Primo Levi piensa, con repugnancia, en otro bigote.

Lee despacio porque está enfermo y porque esa lengua no es la suya, pero se aferra a cada palabra para esclarecer su significado cuando se le escapa.

Lee la contraportada hasta el final, incluida la serie de reclamos de otras obras de Roger Vercel.

Luego pasa las primeras páginas. El primer capítulo va precedido, en la parte superior de la página derecha, de un enorme «Remolques» subrayado con un trazo inútil y pesado.

Es el tercer «Remolques» en tres páginas.

29

Vercel. Levi piensa en la varicela. Ese nombre. Tan francés.

Vercel. Vercel.

Levi. Levi.

Él ha leído a Manzoni, ha leído a Dante. Ha leído *La tierra baldía,* de T. S. Eliot, y ha venerado «El entierro de los muertos».

> *Abril es el mes más cruel: engendra*
> *lilas en la tierra muerta, mezcla*
> *memoria y deseos, remueve*
> *las raíces apagadas con la lluvia primaveral.*
> *El invierno nos caldeó cubriendo*
> *la tierra con una nieve olvidadiza, alimentando*
> *con tubérculos secos una vida insignificante.*

Levi había leído los clásicos de su país. Y otros más. Libros franceses, ingleses.

Libros alemanes.

Conocía los clásicos mejor que la mayoría de sus contemporáneos.

Se sabía de memoria pasajes del «Infierno» de Dante, que recompuso uno tras otro gracias a un esfuerzo constante de la memoria. Así es como quiso escapar del infierno en el que estaba sumido. Y porque tenía la preocupación y la necesidad de transmitir algo. Transmitir era salvar del olvido y era también salvar a Jean, aquel estudiante alsaciano, su joven amigo, de las tinieblas, al que había apodado cariñosamente Pikolo.

30

Levi sostenía un libro en las manos y comenzó a leerlo.

El huracán asediaba la habitación. Diríase que estuviera en lo alto de una torre cuadrada, tal era la fuerza con la que el viento batía sus cuatro fachadas. Lanzaba puñados de lluvia recia contra las ventanas y, al mismo tiempo, estremecía la puerta, levantaba las tejas del tejado y colmaba la casa de golpeteos y crujidos, de modo que se podía seguir su recorrido a lo largo de las paredes, por encima del techo y por debajo del suelo.

Resonaban por doquier los chillidos, gritos de degollados, aullidos de bocas abiertas que daban paso a desgarrados estertores, y acto seguido se alzaba un prolongado vocerío semejante al clamor de una multitud enloquecida. Y cuanto podía vibrar temblaba como si unas hordas de monos furiosos alojados por todas partes lo sacudieran todo, los cristales de la imposta, las estrepitosas pantallas de las chimeneas, los pestillos, los llorosos postigos, hasta las vigas, que crujían al doblarse bajo la presión de los tejados.

31

Así avanzaba en las primeras frases, con palabras terribles, palabras que le parecían a la vez verdaderas en su contexto de tormenta y falsas en la descripción de una tragedia que no era tal.

Había una brecha insalvable entre lo que aquellas palabras supuestamente comunicaban y la realidad de su presente, inmóvil y monstruosa, allí, a la espera, con los estertores, las agonías, las respiraciones anhelantes, los delirios, los gritos ahogados de unos y los gemidos de otros.

Lo que leía era humano, y eso era señal de una pertenencia a una especie olvidada.

El espanto de la tormenta bretona seguía siendo anecdótico.

Aun así, incapaz de abandonar la lectura, seguía adelante, con los ojos extenuados y ardientes, resistiendo, abismándose en el relato marino de una costa bretona en la que nunca había puesto un pie. Las letras, las palabras, las frases desfilaban sin que él pudiera detenerse: la novela se había apoderado de él y lo cubría con un ligero velo protector.

Le parecía que con aquel libro se había forjado una armadura para avanzar y así penetrar en otro mundo, allí donde se hace la luz.

«Más allá del conocimiento», escribiría Charlotte Delbo. La vida, a pesar de la enfermedad, recuperaba imperceptiblemente su forma como la tierra al despertarse en primavera.

32

Levi apenas conocía nada del mar y lo desconocía todo de aquellos bretones ásperos e intrépidos acostumbrados a las tormentas, a las grietas por las que se cuela el agua salada, a los rugidos de las sirenas en los vórtices de espuma. Era un paisaje nuevo cuajado de cruces que cobraba vida entre sus manos, temblorosas y descarnadas. Hombres hechos para la aventura y la supervivencia. Muchos de ellos jamás retornaban.

Entonces pensó en el canto XXVI del «Infierno» de Dante, en el que se narran las causas y las circunstancias del naufragio de Ulises, un canto que le gustaba por encima de todo porque veía en él una similitud con sus vivencias en el campo de concentración, donde no había nada que comprender, con unos abismos y unas simas de los que no había retorno posible.

«En los confines de la tierra, donde pesa una noche mortal».

«El huracán asediaba la habitación», escribe Vercel al inicio de su obra.

Pero una tormenta, por muy aterradora que sea, sigue siendo una lucha en el mundo. Donde Levi estaba, no había sino un mar calmo, sin olas melodramáticas ni destellos de tinieblas para el poeta. Quien está ausente del mundo no se ahoga. Contempla su carroña y recorre sus vísceras con total desapego por sí mismo. Suspendido de un hilo minúsculo que, sin embargo, aguanta.

Más adelante, Levi confesaría que a veces soñaba con *Remolques* y que quería contar historias como Vercel las contaba.

Nadie sabe si esto llegó a oídos de Roger Vercel.

33

Cuando uno tiene fiebre, no lee.

No puede leer con la intensidad y la concentración que la lectura exige en condiciones normales.

«Tenía que pasar algo más», dirá Levi después.

Pero se asía a las palabras, a las páginas, como quien se agarra a las piedras, como quien clava las uñas en los intersticios de la arcilla a lo largo de una pared para no caerse.

Remolques es el relato de un naufragio y un rescate protagonizado por André Renaud, capitán del remolcador Le Cyclone, que se adentra en un mar apocalíptico para salvar un carguero griego que corre el peligro de zozobrar mientras su esposa, afectada por una enfermedad grave, se va apagando.

34

Las palabras de Vercel fueron aquellas piedras que, poco a poco, fueron formando un muro protector invisible entre él y los demás. Entre él y la muerte que lo acechaba.

Levi leyó *Remolques* prácticamente de un tirón: se quedó despierto toda la noche no para pasar el rato, sino porque las palabras que desfilaban ante sus ojos eran una victoria sobre lo indecible.

La vida danzaba en los huracanes de Vercel mientras los destellos de un nuevo bombardeo ruso acompañaban el temblor del barracón. Interrumpido, Levi alzó los ojos fugazmente del libro y miró por la ventana. El guardia de las SS pasaba una y otra vez como una sombra amenazante.

Leyó:

Toda la tripulación, toda la vida del barco, se había atrincherado en el castillo. La proa y la popa, las salas, los puestos, los camarotes, todo esto estaba tan lejos, tan inaccesible, de momento, como los bares del muelle de la aduana. Los hombres se habían refugiado en cualquier lugar donde pudieran protegerse, desde donde pudieran partir en cuanto les dieran la señal.

Y unas páginas más adelante, esto:

La noche se prolongó en una pesada vigilia.

35

Así pues, mientras las palabras desfilaban como si intentaran levantarlo, despertarlo, le venían al pensamiento imágenes y recuerdos que aquellas palabras hacían resurgir del olvido.

En efecto, había dejado de pensar en cuanto hubo puesto un pie en el campo de concentración.

Únicamente Dante y el canto de Ulises habían traspasado las líneas del olvido.

36

Un calmo espanto.

Como ya hemos dicho, este es el oxímoron que Levi emplea para describir la espera. El sosiego que procuran las palabras, por más que pinten la tormenta y los ahogados en otro mundo.

Lo de allí, lo del *revier,* no fue un naufragio.

Fue.

Y allí las palabras callaban para hablar.

37

No estamos solos, parecía leer Levi.

No estáis solos, decía el libro de Vercel.

Vosotras nos veis; vosotras, las palabras que miro, respondía Levi.

Y eso le provocaba un escalofrío que lo apaciguaba a pesar de la fiebre.

Reparó en que llevaba un rato sin pensar en los alemanes, en su posible regreso. ¿Desde cuándo exactamente? No habría sabido decirlo.

Y, en efecto, regresaron. El 20 de enero, el Sturmbannführer Franz Xaver Kraus, que había volado el último crematorio y disparado a varios deportados, había recibido la orden de matar a los prisioneros a los que aún no habían evacuado. Permaneció en el campo cinco días y se lo vio haciendo una última ronda de inspección con un grupo de oficiales de las SS.

Primo Levi estaba cada vez más débil. La enfermedad avanzaba y él se sentía arrastrado hacia abajo, como si las entrañas de la tierra lo aspiraran con una fuerza de la ingravidez multiplicada por diez. Le temblaba el cuerpo. Deseaba acabar con todo aquello de una vez por todas. Resistía. Dormía mucho, pero luchaba contra un sueño que, pensaba, añadía debilidad a su debilidad y que lo arrojaría a la muerte.

Aguantaba y retomaba el libro de Roger Vercel como el ciego que se agarra a la mano de un transeúnte. Remontaba de donde lo absorbía aquel agujero invisible. Se desplazaba por las páginas del libro y, a veces, se sorprendía a sí mismo respirando el olor del papel amarillento. Acercaba la nariz a la página. Y entonces todo resurgía de su memoria, aquello que había olvidado porque no había tiempo para recordar, lo mismo que tampoco lo había tenido para olvidar.

No había porqués, no había preguntas: no había nada más que una conciencia fuera de la conciencia. Fuera de todo lo que existe.

Gracias a aquel papel aparecían seres con abrigos oscuros y la cabeza cubierta con sombreros de fieltro, igualmente oscuros.

Su padre, con sus chaquetas de múltiples bolsillos para guardar sus libros. Sus hermanos.

Por primera vez desde que estaba en Auschwitz, vio nítidamente la biblioteca paterna y la suya, incluso distinguió los lomos de algunos libros.

Vio el cielo azul por la ventana de su despacho.

Era un día apacible y hermoso que transcurría con mano de oro.

Aquella fue la imagen que le vino a la memoria.

39

La fiebre persistía, pero él no cejaba en su empeño de avanzar por las páginas del libro como quien de noche camina por la cresta de una montaña, concentrado en sus pasos, escoltado a ambos lados por los agujeros de sombra del abismo, centinelas maléficos. Le gustaba la trama, pero tal vez aún más las palabras, algunas sencillas y otras desconocidas por ser propias del vocabulario marítimo, palabras que, al unirse, lo llevaban de la mano hacia una tierra y un mar olvidados.

Aquella noche la literatura, pues de eso precisamente se trataba, con sus acertadas combinaciones de palabras, sus inéditas metáforas, sus cautivadoras imágenes, sus vivos diálogos, le pareció no un lujo indecente, sino el menú soñado de su última cena en calidad de condenado a muerte. Podía atiborrarse. Las palabras aplacaban el hambre y el dolor. Sus ojos, brillantes y húmedos, se consumían de fatiga y agotamiento, pero continuaban abiertos. Era como si las regulares líneas de la página los hubieran atrapado. No podían dejar de leer.

40

Remolcar era auxiliar a un barco enfermo. La comparación era terrible: ¿quién lo remolcaría a él?

Hay algo más, pero ¿qué?

Las palabras no dicen nada, nada de lo que deberían decir. Son fuegos fatuos que, si bien lo calientan, se le escapan cuando intenta atraparlos.

Ve la tormenta, pero es incapaz de sentirla. Los cuerpos retorcidos, los supervivientes, el capitán Renaud.

41

En el barracón, siempre iluminado, las respiraciones entrecortadas, las toses, los gemidos, los quejidos, las llamadas que no encuentran eco. El olor a éter, a mierda, a pis, a sudor, a aliento fétido y a aire viciado. El hedor de los muertos con las bocas deformadas por la agonía.

Fuera, un silencio horadado por las detonaciones, por los golpes secos. El ladrido solitario de un perro guardián. La sombra móvil del soldado de las SS que viene y va. Viene y va. Centinela del infierno.

42

Aquel pedazo de tierra fuera del mundo, aquel recinto petrificado de horror, rodeado de torres de vigilancia y de vallas electrificadas, se alejaba de repente de él. La tormenta que engullía el Cyclone, el remolcador del capitán Renaud, como alguien que engulle unas migajas; el viento aullando, la lluvia azotando el puente, las aterradoras olas, la inmensidad de aquel mar vacío y revuelto que se alzaba formando colinas móviles coronadas de blanco, el gélido reverso de las olas que se abalanzaban contra la proa del barco de rescate amenazando con destrozarlo, toda esa vida devastada en movimientos extremos que, en otro lugar, cualquiera habría tomado por una manifestación del infierno en la tierra, le pareció a Levi una resurrección inesperada.

Las palabras se abrían paso en su mente como unos guijarros blancos que, a través de la negrura del bosque, lo guiaban con una luz benéfica, incluso tranquilizadora, hacia el claro.

Su mente se abría paso a través de las palabras de Vercel.

Por la gracia de un libro que bien podría haber sido cualquier otro. Uno cualquiera.

43

Levi pasa las páginas. Ha encontrado su ritmo de lectura, ahora más rápido. Se desplaza por el mar de Iroise y a lo lejos distingue, con pesar, el desenlace. Le gusta el brutal coraje del capitán Renaud, un hombre de una pieza, seco y humano.

A medida que avanza, se pone a pensar en otra cosa, en la idea de que la lectura le devuelve una parte de sí mismo. Poco a poco, las palabras lo conectan con acontecimientos e imágenes en los que no había sido capaz de pensar desde su llegada a Auschwitz. Va recobrando a retazos la memoria. Retazos borrosos, inciertos, pero reales. Las palabras de Vercel lo sumen en el ensueño, un territorio prohibido. Un territorio olvidado. Un territorio borrado. Merced a las palabras rencontradas, Levi emerge de la amnesia como el barco que sale a flote intacto del lodo del río. Las palabras disipan la oscuridad que le han impuesto. Las palabras le devuelven la vista.

Podría haber sido cualquier libro... Tal vez.

El mundo del espíritu surge contra la nada, sin importar la profundidad del discurso.

Las palabras se erigen en pruebas porque el hombre es un ser dotado de palabra. Y las palabras devuelven a Levi lo que había olvidado: la emoción.

Primo Levi ve desfilar las palabras y estas lo conmueven más allá de su significado. Entonces comprende todo lo que había perdido durante un tiempo: comprende la pérdida absoluta del pensamiento, de la poesía.

44

Él no quiere perder nada. Quiere ir hasta el final. Sin saltarse ninguna palabra. Para imponer silencio a eso que ahora recuerda y le repele. Lo innombrable. Piensa: han ganado, pues no habrá equivalencia posible en el castigo.

45

Las palabras, las de los *kapos* y las SS, son un abismo en el que el lenguaje se pierde. Las palabras que desfilan ahí, a lo largo de las páginas, suponen reemprender laboriosamente el camino. Salir de manera súbita e involuntaria de la anestesia. El vértigo del vacío, la sensación de unas palabras en las que refugiarse, una sensación que renace lentamente. Ha de superar la imposibilidad de existir en la que lo han acorralado. Unas palabras llaman a otras, palabras que regresan a él liberadas de sus jaulas.

Ese libro desconocido, un refugio.

El primero desde la desgracia, el primero donde el pensamiento se libera.

La imaginación recobrada.

46

Habiendo convertido ese libro en un cielo bajo el que cobijarse, un cielo que recuperaba la dimensión humana, Primo Levi reconquistaba la conciencia al reapropiarse de las palabras, confiscadas durante trece meses. Era como si se abriera una puerta cuya existencia había olvidado y lo más hondo de su anestesiada alma volviera a la superficie.

47

El mar, el mar, siempre ahí...

Cuarenta años después de Auschwitz, Levi escribirá *Los hundidos y los salvados* y comentará, en el capítulo 11 de *Si esto es un hombre,* el pasaje en el que Dante, en el canto XXVI del «Infierno», narra el último viaje y el ahogamiento de Ulises.

Tre volte il fe' girar con tutte l'acque
Alla quarta levar la poppa in suso
E la prora ire in giù, com'altrui piacque...

La hizo girar tres veces, y a la cuarta
le levantó la popa el remolino
y hundió la proa por deseo ajeno[2].

48

Mientras se encargaba de transportar la sopa en inmensas marmitas desde la cocina a los barracones, también le vino a la memoria el último verso del relato de Ulises.

El verso 142:

Infin che 'l mar fu sovra noi richiuso.

Luego el mar se cerró sobre nosotros.

49

Luego el mar se cerró sobre nosotros.

---

[2] Dante Alighieri, *Comedia,* trad. de José María Micó, Barcelona, Acantilado, 2018, p. 237. Para este y el siguiente fragmento de la misma obra.

50

El día despunta con la palidez de unas sábanas sucias. En el barracón, los ruidos se han espaciado. En el exterior, los gritos en alemán se mezclan con los ladridos de los perros. En filas de dos, la columna de supervivientes espera la señal para partir. Y esa espera dura una eternidad, como cada vez que hacen el recuento.

Habrá un último recuento. El último recuento.

Espectros en pijamas de rayas, con zuecos y sin calcetines, *piezas* mordidas por el frío y los perros lobo.

Después, se marchan.

Por miles.

Hambrientos, agotados, helados. Andrajosos, casi desnudos. Con zuecos, sin calcetines.

La mayoría, ya muertos. La sed, el hambre y el agotamiento han dejado que el frío penetre en ellos y vacíe por dentro sus cuerpos, o lo que queda de ellos. Cavidades de hielo en marcha, unos metros, unos kilómetros, a veces más para los más resistentes.

A los que ya no aguantan más, a los que quieren mear, cagar o ponerse esa cosa que les sirve de calzado les disparan, culpables de ralentizar la marcha.

Poco a poco, los cadáveres se amontonan en los arcenes, pronto recubiertos de nieve. Apacibles montículos horadados de rojo. Rojo es el camino.

Algunos se caen, aún vivos.

Hay que empujar a un lado sus cuerpos, que las SS acribillan a balazos.

Vivos, muertos.

Durante un alto, una mujer da a luz a un niño que muere en el acto.

Por toda la carretera, en los arcenes, la nieve está roja de sangre.

«Son esos paisajes los que siempre tengo presentes —dirá el pintor esloveno Zoran Music—. Blancos como la nieve en las montañas. El blanco era el color de los cadáveres. Una suerte de azul pálido, casi blanco. Puesto que casi no les quedaba carne, eran como las estructuras de un paisaje montañoso».

La blancura del espanto. En los campos, la tierra estaba demasiado helada para enterrar aquellos cuerpos que se acumulaban.

La marcha desde Auschwitz hasta Loslau, de unos sesenta kilómetros, costará la vida a varias decenas de miles de deportados. Tres días y dos noches a menos veinte grados centígrados.

51

Silencio. Silencio. Nada más que la espera.

Levi duerme con un ojo abierto, el libro a su lado. La fiebre no remite. La mañana del 18 les reparten sopa por última vez y, al poco rato, ese mismo día, pan. Hacia el mediodía aparece un oficial de las SS que nombra a un jefe de barracón entre los no judíos y ordena que se hagan dos listas separadas, una de los no judíos y otra de los demás.

Levi comprende.

En la sala de al lado, los enfermos gimen de sed. Suplican.

52

Levi termina de leer *Remolques.* Tras la última página de la novela, como si no quisiera perderse nada, mira la siguiente y lee esto:

IMPRESO EN JUNIO DE 1942

POR LA IMPRENTA

LOUIS BELLENAND ET FILS,

EN FONTENAY-AUX-ROSES (SENA)

AUTORIZACIÓN N.º 10 079

53

El edificio volvía a estremecerse a causa de los bombardeos. Otros tantos, en llamas, arrojaban a los moribundos a la nieve y precipitaban su final mientras algunos de ellos intentaban entrar en la sala, que estaba tapiada.

Durante uno de aquellos bombardeos, unos días antes de guardar cama, Levi consiguió robar cerio, un metal con el que, según se cuenta, hizo piedras para encendedores que intercambió por pan. Él y su amigo Charles, un maestro de los Vosgos, descubrieron una estufa. Levi salvó su vida y la de la mayoría de sus compañeros en la sala de enfermería.

Hasta la llegada de los rusos, el 27 de enero hacia el mediodía, sobrevivieron a base de nabos y de pan duro como una piedra. A base de nieve derretida para saciar la sed.

54

Las tropas soviéticas liberaron el campo el 27 de enero, cuando Levi salía de la enfermería con dos supervivientes para enterrar al primer muerto de su sala.

A los dieciséis días de su llegada al bloque infeccioso.

A los once días de empezar a leer *Remolques.*

A los diez días de la partida de la columna de los últimos supervivientes.

De los ochocientos prisioneros de la enfermería del campo de concentración de Monowitz-Buna, apenas sobrevivió un centenar.

55

Caminar libres bajo el sol, escribe Levi en el poema «25 de febrero de 1944», en el que evoca una última noche, una distinta, la que pasó con su amiga Vanda Maestro. Había hecho todo el viaje apretujado contra ella y contra otros cuerpos en el vagón que los llevaba a Auschwitz.

Vanda Maestro sería asesinada el 30 de octubre de aquel mismo año en el campo de Auschwitz.

56

Caminar libres bajo el sol.

Cuando Primo Levi abandone el campo, se llevará consigo el primer tomo de un manual de obstetricia que ha encontrado en la enfermería.

Y *Remolques*.

57

En *La búsqueda de las raíces,* que Levi escribió al final de sus días, dice así: «No sé nada de Roger Vercel. Si está vivo o muerto. Pero me gustaría que estuviera vivo y sano, y que siguiera escribiendo, pues me gusta su forma de escribir. Me gustaría escribir como él y haber contado las cosas que él cuenta».

Faussone, el personaje de *La llave estrella,* está inspirado en el capitán Renaud, comandante del Cyclone.

Levi nunca olvidará ese libro.

¿Cómo podría ser de otra manera? Su escritura y su imaginario lo marcaron para siempre, desde la primera frase, que leyó una noche de enero de 1945 y que le impresionó por su imposible proximidad con su propia situación.

58

Levi llega a su casa, en Turín, tras un viaje agotador. De
entre sus pocas pertenencias, saca *Remolques* y, durante
un tiempo, lo coloca como una reliquia sobre su escri-
torio.

El libro que lo había ayudado, que casi le había ordenado
vivir y que lo había remolcado cuando estaba al borde
del abismo.

Permanecerá allí mucho tiempo, testigo mudo de la última noche. Escudo de supervivencia. El amigo que le
salvó la vida y que lo escuchaba cuando se dirigía a él.

59

Mucho después, en 1981, en *La búsqueda de las raíces,* Levi cita dos extractos de *Remolques* y explica lo
siguiente:

En Auschwitz, […] además del hambre, sufrí el hambre de leer páginas escritas. *Remolques* fue el primer
libro que cayó en mis manos después de aquel largo

ayuno. [...] Hablé de este libro, sin nombrarlo, en las últimas páginas de *Si esto es un hombre*.

Remolques trata sobre un tema actual y, sin embargo, extrañamente poco abordado: la aventura humana en un mundo tecnológico. Desde luego que el hombre de hoy considera superflua la aventura, el hecho de medirse a sí mismo, al estilo de Conrad. De ser esto así, se trata de una señal funesta. En cambio, ese libro muestra que la aventura todavía existe, y no solo en las antípodas.

60

Primo Levi jamás supo qué fue del médico griego.

froid qui avait couvé tant de hontes d'hommes. Elle conclut lentement :

— Vous avez raison... Dans ces moments-là chacun pour soi... Soi d'abord, les autres après...

Il avait repris son immobilité et rivé de nouveau son regard au visage d'Yvonne. Mais les paroles abjectes descendaient en lui et remuaient sa stupeur, de même qu'un cadavre immergé trouble les couches d'eau sombre qu'il traverse.

Lorsqu'elles eurent touché le fond, il se leva, défiguré, et le regard de la vieille s'agrandit, parce qu'elle le crut fou. Car il avait vraiment des yeux de fou, des yeux qui ne voyaient plus rien de ce qui était là.

— Voilà, dit-il en s'étranglant, moi, je suis... je suis fixé ! Ils m'attendent... Elle-même me le dirait... Télégraphiez-moi par la préfecture maritime... Vous trouverez l'argent dans le tiroir... Ah, c'est terrible !

Il s'abattit en sanglotant sur le lit, ses lèvres s'écrasèrent contre le front d'Yvonne. Derrière lui, la vieille s'était levée, perplexe, et le regardait. Pour passer, il la rejeta de l'épaule.

Quand elle eut compris qu'il s'enfuyait, qu'il la laissait seule avec la mourante, elle alla crier dans l'escalier :

— M'sieur Renaud !...

Mais il était déjà sur le quai, dans le vent et dans la nuit, chancelant comme l'épave vers laquelle il marchait.

FIN

ACHEVÉ D'IMPRIMER
EN JUIN 1942
PAR L'IMPRIMERIE
LOUIS BELLENAND
ET FILS, À FONTENAY-
AUX-ROSES (SEINE)
Autorisation N° 10.079

Posfacio

Al comienzo de la guerra, Primo Levi, estudiante de Química en la Universidad de Turín, andaba escribiendo su tesis sobre la asimetría del átomo de carbono mientras entraron en vigor las leyes raciales en su país. No sabía que en la portada del diario regional *L'Ouest-Éclair* del 16 de octubre de 1940, trece días después de la promulgación del primer Estatuto de los Judíos de Francia, había aparecido una columna de opinión titulada «Lecturas para el mañana», escrita por Roger Vercel.

He aquí un fragmento:

Una cosa sumamente importante y que se puede afirmar es que la eliminación de pensadores y escritores judíos tendrá un efecto extraordinario en la literatura del mañana. Cuando ya no estén, nos daremos cuenta del lugar que nos han usurpado y nos quedaremos estupefactos. Han aplicado a la novela y al teatro su inteligencia, aguda, por supuesto, pero destructiva, su innato inmoralismo, su árida sutileza de talmudistas, su manía de lo que uno que sabía griego llamaba «tetrapilectomía», es decir, su manía de ser puntillosos. «La raza semítica —decía Renan— se reconoce casi exclusivamente por sus rasgos negativos». El día en que se haga balance de lo que le ha costado a Francia el dominio judío no deberemos olvidar el inmenso daño que han causado a las letras francesas los escritores judíos, absolutamente desprovistos del sentido de la dimensión y, más aún, del instinto de grandeza. «La poesía semítica —escribe Renan— apenas nos ofrece una página que tenga el encanto de la sentimentalidad». Y añade que en esa poesía el amor oscila entre la voluptuosidad lasciva y el gélido refinamiento del sentimiento. En realidad, así es toda la historia de la novela judía de ayer, y entiéndase por novela judía no solo aquella que escribieron los judíos, sino la que inspiraron, editaron y difundieron: la que apoyaron con su publicidad o sus críticas. ¡Fíjese usted en esas novelas y llegará a un resultado inquietante!

A Roger Vercel, cuyo verdadero nombre era Roger Cretin, lo jubilaron de oficio el 19 de septiembre de 1945 de su puesto de profesor de Literatura en el colegio de Dinan por decreto de René Capitant, entonces ministro de Educación Nacional, con la siguiente motivación:

Considerando que, durante la Ocupación y hasta principios de 1944, continuó colaborando con el periódico *L'Ouest-Éclair,* entonces bajo control alemán; que nada obligaba al señor Roger Vercel a colaborar de forma favorable con la propaganda enemiga; que la actitud del señor Roger Vercel es tanto más represible cuanto que goza de cierta autoridad en el mundo literario...

El expediente de la pensión civil lleva la mención «depuración» en el apartado «motivo».

Vercel continuó escribiendo y se especializó en literatura marítima. Nada en la obra humanista del autor, ni antes ni después de la guerra, recuerda al texto publicado en *L'Ouest-Éclair.*

Roger Vercel murió en 1957.

Cuando el texto de Vercel volvió a salir a la luz a principios del nuevo milenio, algunos quisieron que el

Ministerio de Educación cambiara el nombre de los dos institutos, uno en Dinan y otro en Le Mans, que llevaban el nombre del escritor.

En Saint-Malo hay una calle Roger Vercel. Termina en la Chaussée du Sillon.

Frente al mar.

Quiero rendir homenaje a las obras que habitan este libro, a sus autores y a sus autoras, a sus traductores y a sus traductoras, a sus editores y a sus editoras.

En primer lugar, por supuesto, a *Si esto es un hombre,* de Primo Levi, *La tregua, Los hundidos y los salvados,* así como a sus otros libros, que permanecen cerca de mí.

A las obras de Charlotte Delbo *Ninguno de nosotros volverá* y *Auschwitz y después II. Un conocimiento inútil,* así como a *La medida de nuestros días* en concreto, pues me ha marcado mucho, al igual que *Los náufragos,* de Jean Améry, *Storia di Mario,* de Mario Rigoni Stern, *Y la luz se hizo* y *Le monde commence aujourd'hui,* ambas de Jacques Lusseyran.

Añadiría *Relatos de Kolimá, Tout ou rien* y *Mes biblio-thèques,* de Varlam Shalámov.

Por supuesto, *Remolques,* de Roger Vercel, que leí gracias a Primo Levi.

Por último, y es evidente, quiero expresar mi gratitud a tantos y tantos otros libros que forman parte de mi vida, y espero que también de la suya.

Fuentes bibliográficas

AMÉRY, Jean, *Les Naufragés,* Actes Sud, 2010, traducido del alemán por Sacha Zilberfarb. [Ed. en cast.: *Los náufragos,* trad. de Josep Monter Pérez y Ester Quirós Damiá, Barcelona, Pre-Textos, 2014].

DELBO, Charlotte, *Auschwitz et après. Aucun de nous ne reviendra,* Colette Audry (dra.), Gonthier, 1965. [Ed. en cast.: *Ninguno de nosotros volverá,* trad. de Regina López Muñoz, Barcelona, Libros del Asteroide, 2020].

———, *Mesure de nos jours,* Les Éditions de Minuit, 1971. [Ed. en cast.: *La medida de nuestros días,* trad. de Palmira Frixas, Barcelona, Libros del Asteroide, 2025].

———, *Une connaissance inutile,* Les Éditions de Minuit, 1970. [Ed. en cast.: *Auschwitz y después II. Un conocimiento inútil,* trad. de María Teresa de los Ríos de Francisco, Madrid, Ediciones Turpial, 2004].

LEVI, Primo, *La Trève,* Grasset, 1966, traducido del italiano por Emmanuelle Genevois-Joly. [Ed. en cast.: *La tregua,* trad. de Pilar Gómez Bedate, Barcelona, Península, 2018].

——, *Les Naufragés et les Rescapés. Quarante après Auschwitz,* Gallimard, 1989, traducido del italiano por André Maugé. [Ed. en cast.: *Los hundidos y los salvados. Cuarenta años después de Auschwitz,* trad. de Pilar Gómez Bedate, Barcelona, Península, 2018].

——, *Si c'est un homme,* Julliard, 1987, traducido del italiano por Martine Schruoffeneger. [Ed. en cast.: *Si esto es un hombre,* trad. de Pilar Gómez Bedate, Barcelona, Península, 2014].

LUSSEYRAN, Jacques, *Et la lumière fut,* La Table ronde, 1953. [Ed. en cast.: *Y la luz se hizo,* trad. de Miguel Fraguas Poole, Madrid, Rudolf Steiner, 2000].

——, *Le monde commence aujourd'hui,* La Table ronde, 1959.

RIGONI STERN, Mario, *L'Histoire de Mario,* Arléa, 2014, traducido del italiano por Maude Dalla Chiara y Frédérique Laurent.

SHALÁMOV, Varlam, *Récits de la Kolyma,* Denoël, 1980, traducido del ruso por Katia Kerel y Olivier Simon. [Ed. en cast.: *Relatos de Kolimá,* varios vols., trad. de Ricardo San Vicente, Barcelona, Minúscula, 2007-2017].

Este libro titulado *Un libro*
se terminó de imprimir en el mes de abril
de 2026, en vísperas del Día del Libro, celebración
dedicada al objeto que aquí es, a la vez, tema y forma.
En una época de pantallas y velocidad, esta impresión
reivindica la pausa, la materialidad, el sonido leve de
la página al pasar. Cada ejemplar aspira a recordar que
un libro no es solo un texto, sino un objeto que
guarda tiempo, silencio y presencia. Impreso
para quienes aún creen que abrir un libro
es inaugurar un espacio propio,
irrepetible y secreto.